La política

www.educadoressinfronteras.mx

A Étienne Garnier...
¡y a l@s jef@s de familia!

Delrieu, Alexia y Sophie Menthon
La política
© México: Educadores somos todos, A.C., 2013
www.educadoressinfronteras.mx
64 pp.: 17 x 20 cm
ISBN 978-607-96273-1-7

Primera edición, 2013

Colección: El mundo de hoy explicado a los niños
Coordinadora de la colección: Silvia Garza
Título original: *La politique*
Publicado en francés por Gallimard Jeunesse, 2007
© Gallimard Jeunesse, 2007
Traducción: Arnoldo Langner

Queda prohibida, sin autorización por escrito
de los titulares del *copyright*, bajo las sanciones
establecidas por la ley, la reproducción total o parcial
de este libro, por cualquier medio o procedimiento.

La política

Alexia Delrieu y Sophie de Menthon
Ilustraciones Clotilde Perrin

¿Qué quiere decir hacer política?

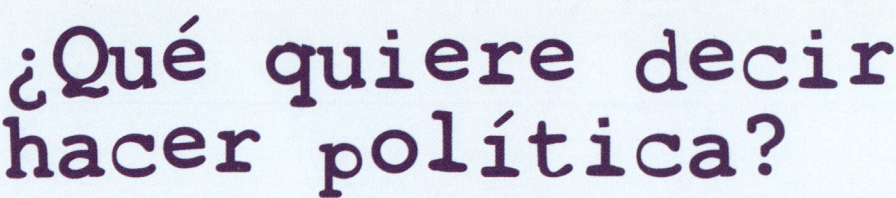

Hacer política es gobernar, acordar normas para convivir y vigilar que éstas se respeten. Los hombres y mujeres que se dedican a la política se ocupan de los asuntos públicos; es decir, de los asuntos que tienen que ver con todas las personas.

Siempre debe haber personas que decidan y establezcan reglas para poder convivir. El director en la escuela, el patrón en una empresa, el gobernador en cada estado, tu padre y tu madre en tu familia...

¿Sabías qué...?
Algunos animales eligen a un jefe para que los organice. Las abejas crían a ciertas abejitas para convertirlas en reinas. Los lobos siguen al jefe de la manada. Las hormigas tienen normas en la distribución del trabajo... ¡y todas obedecen!

¿Desde cuándo existe la política?

La palabra política nació hace más de 2,000 años en Grecia; viene del griego *polis* que quiere decir "ciudad". ¡Y no tiene nada que ver con "polis de policías"!

En la era glacial, desde que hombres y mujeres se organizaron en tribus, decidieron nombrar a un jefe; es decir, se pusieron de acuerdo para obedecer a uno de ellos. Quizá eligieron al más fuerte o al más inteligente…

¿Sabías qué…?
En México no elegíamos a nuestros gobernantes durante la época colonial. El Virrey era nombrado directamente por el rey de España. Después de la Independencia, en 1813, se experimentaron diversas formas de gobierno. En esa época se llevaron a cabo las primeras elecciones en nuestro país.

¿La política afecta a la niñez?

¿Sabías qué...?
El Instituto Federal Electoral (IFE) organiza espacios de participación infantil. En el 2012 el IFE instaló alrededor de 15 mil casillas infantiles en diferentes lugares. Cada tres años, muchos niños dan su opinión sobre diferentes temas. ¡En la próxima consulta participa!

¡Por supuesto! Las personas de la política determinan cosas tales como instalar un parque con columpios cerca de tu casa, construir un estadio en tu ciudad, agrandar tu escuela, etcétera.

Las personas que se dedican a la política deciden incluso lo que te enseñan en la escuela.

¿Cómo elegimos a un político?

¿Sabías qué...?
Cuando cumplas 18 años podrás votar en las elecciones y elegir a la persona que quieras que gobierne. Para hacerlo es necesario que te inscribas en el padrón electoral del Instituto Federal Electoral.

Muchos países viven en democracia; es decir, sus habitantes eligen a sus representantes, a sus Gobernadores o Jefes de Gobierno. Para decidir quién los gobernará todos dan su opinión mediante el voto.

En México votar es un derecho y una obligación.

Hay países donde la gente lucha para obtener el derecho al voto.

En nuestro país el voto es personal, libre, secreto, intransferible y universal.

¿Cómo se vota?

¿Sabías qué...?
Con tu voto dices "yo quiero que gobierne él o ella". A todos los que acuden a votar les ponen una tinta indeleble en el dedo pulgar. No te preocupes, la tinta desaparece en unos días, pero así ¡todos sabrán que ya has votado!

Para elegir Presidente, en México votamos cada seis años.

Además, en cada estado de la República hay elecciones locales donde se eligen Gobernadores, Diputados y Presidentes municipales. En el Distrito Federal se vota para Jefe de Gobierno y Jefes Delegacionales.

Para poder votar el día de la elección, debes:

- Ir a la casilla electoral que corresponde al lugar donde vives.

- Enseñar tu credencial para votar.
- Recibir la papeleta y cruzar con un crayón al candidato o partido político de tu preferencia.
- Depositar la papeleta en la urna (una caja cerrada con una rendija como alcancía).

Cuando todas las personas han votado, se cierra la casilla y se cuentan los votos. Gana quien tiene más votos.

¿Existen países donde las personas no votan?

Algunos gobiernos dirigen por la fuerza, sin pedir la opinión de los ciudadanos. Incluso, a veces, quien no está de acuerdo con ese gobierno, ¡termina en prisión! A la persona que gobierna sin considerar a los demás y sin ser elegido mediante el voto se le llama dictador.

Desafortunadamente aún existen algunos dictadores en el mundo. Para permanecer en el poder, los dictadores se valen de un ejército amenazador.

¿Sabías qué...?
Cuando los ciudadanos deciden derrocar a un dictador se inicia una revolución, que consiste en la oposición del pueblo a su gobierno.

¿Y si se quiere cambiar de gobernante?

Se debe esperar al periodo de elecciones para votar y elegir a otra persona.

Los gobernantes son nombrados por un tiempo determinado, a ese tiempo se le llama mandato. Al finalizar el mandato debe haber nuevas elecciones.

¿Sabías qué...?
En el pasado, se dice que había islas donde los gobernantes tenían que subir a las palmeras más altas y el que se caía dejaba de ser el jefe.
¡Los gobernantes se quedaban en su puesto por su fuerza física!

¿Qué es la República?

¿Sabías qué...?
En otros países, al grupo de personas que integran el poder legislativo se le llama Parlamento, Asamblea Nacional o Congreso.

Una República es un país dirigido por hombres y mujeres elegidos por todos. La palabra República viene del latín *res publica* (¡ahora ya sabes latín!), y quiere decir "cosa pública".

México es una República y su organización política se divide en tres poderes independientes: el Poder Ejecutivo, el Poder Legislativo y el Poder Judicial.

El Poder Ejecutivo es el Presidente, los Secretarios de Estado y algunas dependencias. El Poder Legislativo es el Congreso de la Unión (es decir, la Cámara de Senadores y la Cámara de Diputados) y el Poder Judicial son los jueces, los magistrados, quienes se encargan de aplicar la justicia.

¿Aún existen los reyes y las reinas?

Sí, todavía hay reyes y reinas en el mundo. Por ejemplo, en países como España, Bélgica e Inglaterra. También existen princesas y príncipes en Mónaco; hay sultanes en Brunei y emperadores en Japón.
Algunos todavía gobiernan, pero otros existen solamente por tradición o porque son la imagen de su país.

¿Sabías qué...?
Antes, los virreyes vivían en el Castillo de Chapultepec. Fue el general Lázaro Cárdenas quien rechazó vivir en el Castillo y determinó su residencia en lo que ahora llamamos "Los Pinos".

A muchas personas les gustan los castillos y las historias de princesas y de príncipes... ¿a ti también?

¿Por qué casi siempre hablamos de hombres políticos y no de mujeres políticas?

¿Sabías qué...?
En México, el Presidente Adolfo Ruiz Cortines, en 1953, fue quien estableció que las mujeres votaran.

Durante mucho tiempo las mujeres no participaron en la vida política ni en las cosas públicas. Lo bueno es que ahora hay cada vez más mujeres en la política. En algunos países hay mujeres que han sido elegidas como presidentas. En la actualidad se obliga a los partidos políticos a presentar siempre tanto a hombres como a mujeres en las elecciones, a esto se le llama equidad.

¿Cualquier persona puede dedicarse a la política?

Las personas que quieran dedicarse a la política y presentarse como candidato o candidata en las elecciones deben cumplir al menos con los siguientes requisitos:

- ser mexicano
- tener 35 años cumplidos para ser presidente, 21 años para ser diputado y 25 años para senador
- estar inscrito en el padrón electoral
- no ser parte del ejército, ni ministro de algún culto religioso
- no haber cometido un delito.

¿Sabías qué...?
Antes de las elecciones el candidato debe escribir un programa que explique todo lo que piensa y desea hacer, en especial lo que promete hacer. Después debemos vigilar que cumpla sus promesas.

¿Por qué los políticos parecen nunca estar de acuerdo?

Las personas que se dedican a la política discuten para defender sus ideas. A veces ellos debaten en televisión. Lo más importante es que logren acuerdos sobre las cosas que convienen a todos, ¡de eso se trata la política!

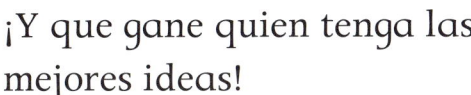

¡Y que gane quien tenga las mejores ideas!

¿Sabías qué...?
En el pasado, cuando dos hombres no estaban de acuerdo, se batían a duelo ante algunos testigos y peleaban con sus espadas. Afortunadamente hoy eso está prohibido, así que solo pelean con palabras.

¿Qué es un partido político?

Es un grupo de personas que tienen ideas similares y proponen un proyecto para ordenar y gobernar un país. Casi todos los políticos pertenecen a un partido.

Los partidos políticos son organismos indispensables para relacionar a los ciudadanos con el Estado y su gobierno. Los partidos se encargan justamente de proponer y promover programas de gobierno junto con las personas que consideran idóneas para llevarlos a la práctica.

¿Sabías qué...?
En el pasado, los griegos designaban a sus representantes levantando la mano, ¡así como tú lo haces en la escuela para dar tu opinión!

¿El Presidente de la República es el jefe del mundo?

El Presidente es quien representa el Poder Ejecutivo; es decir, es quien se encarga de organizar y dirigir al país. No es el jefe del mundo pero él es quien representa al país ante el mundo. Ese trabajo es muy importante porque, a veces, de eso depende que el país viva en paz o en guerra.

El Presidente nombra al Secretario de Gobernación para que le ayude a coordinar… al equipo de gobierno.

¿Sabías qué...?
En México las siguientes elecciones presidenciales serán en 2018 (2012+6) y 2024 (2018+6). ¿Qué edad tendrás en el año 2018 y en el 2024?

¿Y los Secretarios qué hacen?

Los Secretarios trabajan en cada área importante del país, por ejemplo el trabajo, el ejército, la educación (la escuela), el medio ambiente, la energía, etcétera.
En México hay 16 Secretarías.

Por eso se dice que los Secretarios tienen una agenda ¡y no es un cuaderno donde escriben!, se trata de los temas y los asuntos más importantes en los que deben trabajar.

¿Sabías qué...?
Los Secretarios deben tener reuniones periódicas con el Presidente para que todo funcione perfectamente.

¿Y quién ayuda a los Secretarios?

Los funcionarios son los encargados de poner en marcha las políticas del gobierno. Trabajan para que las leyes se apliquen, también se encargan de recaudar impuestos para que funcione bien lo que nos pertenece a todos: escuelas, hospitales, carreteras...

¿Sabías qué...? La red de transporte: autobuses, metro, metrobús, tren ligero, los grandes museos, las escuelas públicas, las universidades públicas, algunos hospitales y teatros pertenecen al Estado.

Entonces, ¿quién decide las cosas que pasan en mi localidad?

De eso se encargan los Gobernadores, el Jefe de Gobierno (en el Distrito Federal) y los Presidentes municipales. Ellos son elegidos por los ciudadanos cada determinado tiempo y son quienes hacen los trabajos para que tu localidad esté en orden y en buen estado.

¿Sabías qué...?
Cuando naciste, tu papá y tu mamá te llevaron al Registro Civil para decir que habías nacido. Este registro es obligatorio y tus padres presentaron un certificado del hospital. A cambio, el Registro Civil liberó un acta de nacimiento con tus datos ¡así México tiene un ciudadano más!

¿Qué es una ley?

¿Sabías qué...?
En las Cámaras de Diputados y Senadores se deben estudiar, discutir, aprobar o rechazar las leyes de México.

Es una regla, una norma muy precisa que todos los mexicanos debemos obedecer. El respeto de las leyes no es sólo para los mexicanos sino para todas las personas que vivan en el territorio nacional.

Los Diputados y Senadores aprobaron, por ejemplo, la ley que dice que la educación pública en México es gratuita, obligatoria y laica.

Al parecer los Diputados y Senadores tienen una cámara ¿qué tipo de cámara es?

No se trata de una cámara secreta, ni de un aparato de fotos. Es el nombre que tiene cada una de las instituciones que proponen las leyes: Cámara de Senadores y Cámara de Diputados.

Para organizarse mejor, cada Cámara tiene su propio lugar de trabajo (también se le llama recinto legislativo).

Existen 500 Diputados y 128 Senadores. Su trabajo es importantísimo; sin ellos no habría una sociedad donde todos tuviéramos derechos y obligaciones.

¿Sabías qué...?
Cada Cámara tiene un presidente. El presidente del Senado es como un organizador... Además las sillas donde se sientan los parlamentarios de las Cámaras se llaman curules. ¡Qué nombre tan raro!

¿Por qué México está dividido en estados?

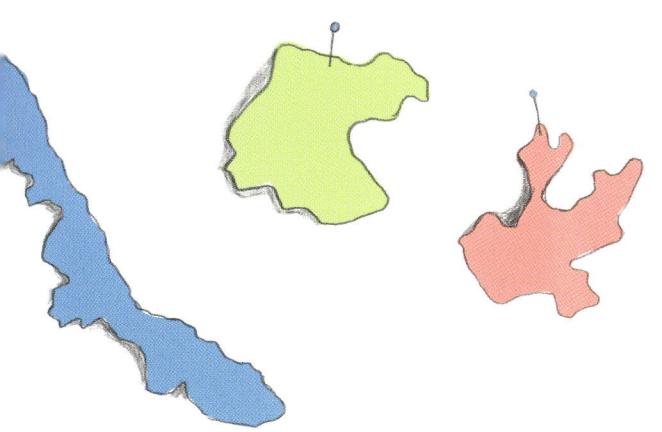

Como México es un país muy grande, en 1824 se creó el Acta Constitutiva de la Federación Mexicana. Ahí se acordó dividir a México por territorios. Actualmente existen 31 estados y 1 Distrito Federal.

¿Sabías qué…?
Chiapas fue la única entidad que decidió anexarse a la república mexicana en 1824.

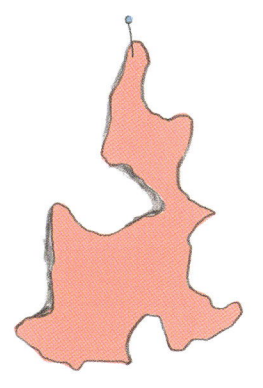

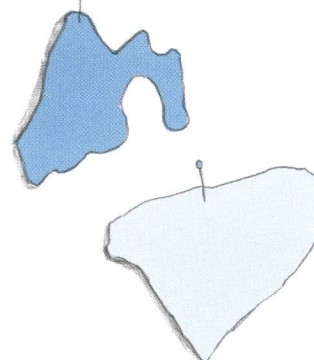

¿Aquellos que se dedican a la política son muy ricos?

¿Sabías qué...?
Cuando el Presidente va a empezar su gobierno debe jurar su lealtad a México ante el Congreso. Y cada año debe entregar al Congreso un informe de lo que ha hecho.

Las personas no se hacen políticos para enriquecerse, sino para dar un servicio a los demás. Los representantes que elegimos tienen un salario y las prestaciones que conlleva su empleo.

Por otra parte, a los partidos políticos se les asigna un presupuesto para pagar las campañas electorales: hay que hacer carteles, organizar reuniones, viajar, etcétera.

He oído decir que los políticos no sirven para nada

Debemos respetar a los políticos porque gracias a ellos el país puede funcionar.

No olvides que a los políticos se les elige, así que debes escoger muy bien. Tener buenos políticos es responsabilidad de todos.

¿Sabías qué...?
Un político que quiere ser elegido debe hacer una campaña; es decir, debe ir por las ciudades y los pueblos y convencer en poco tiempo a mucha gente de que vote por él o ella.

¡Entonces, yo me dedicaré a la política!

¿Sabías qué...?
Si tienes ideas o preguntas, puedes escribir a tu Jefe de Gobierno, Gobernador, o al Presidente de la República.

¡Es una gran idea! Pero, en primer lugar, debes escoger una carrera. Hay médicos, maestros y comerciantes que hacen de la política su profesión.

¡Ser un buen político es fantástico!

¡Vamos a jugar!

¡Organiza una votación!

Busca una pregunta que te interese y (para llegar a una respuesta democrática) propón una votación a tus compañeros, familiares o amigos.

Ejemplo de preguntas:

- ¿Estás de acuerdo con que tengamos un perro en la casa?
- ¿Estás de acuerdo en que me inscriba al fútbol o a la danza?
- ¿Estás de acuerdo en salir al parque el domingo?

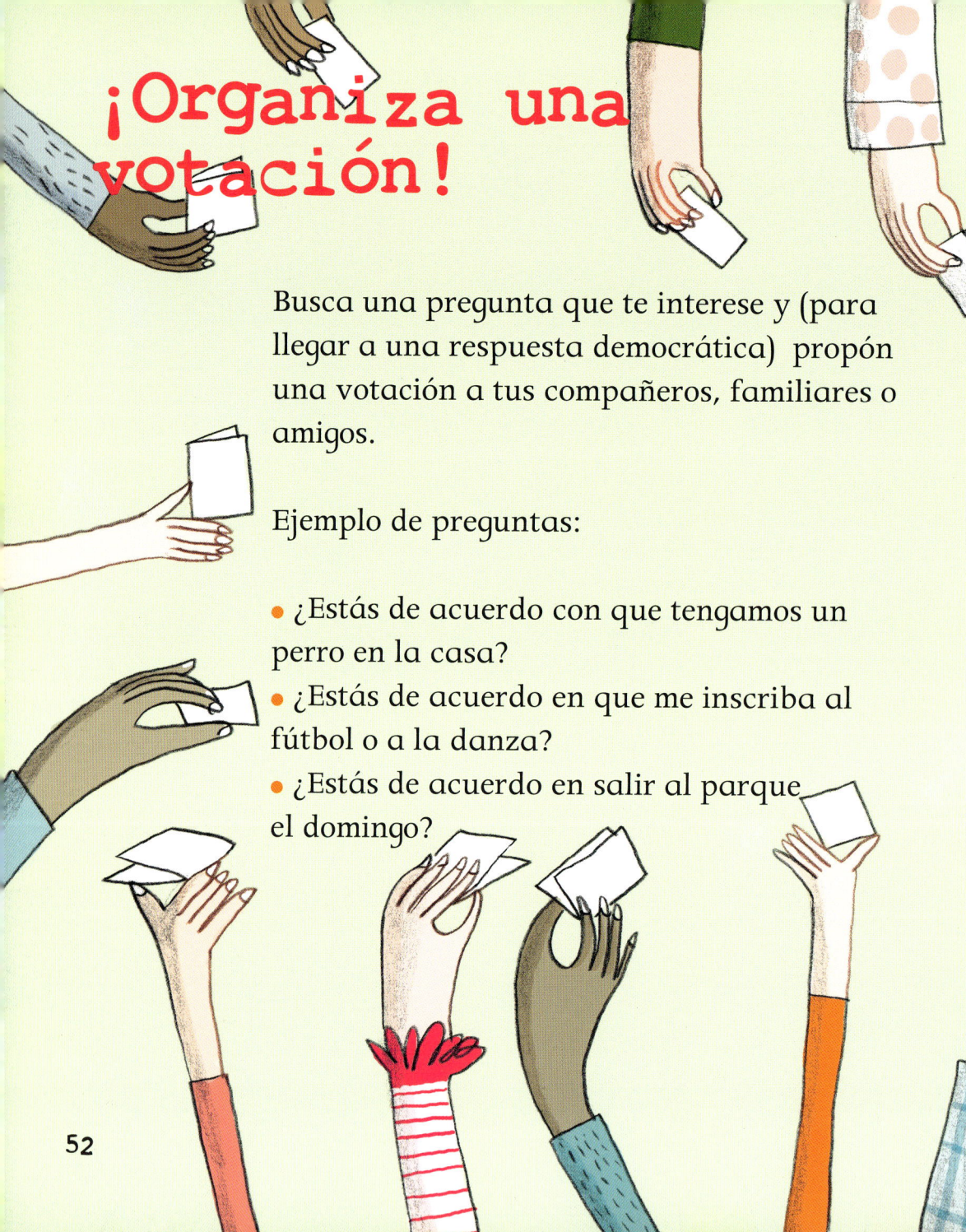

¡Organiza los votos!

Debes tener al menos un testigo para que las elecciones sean "limpias" y nadie vaya a pensar que tú has inventado el resultado.

¿Sabías qué...?
Se habla de fraude electoral cuando alguien hace trampa en las elecciones y eso es muy grave. No solo se pueden anular las elecciones, los tramposos podrían ir a prisión.

- Vacía la urna sobre la mesa.
- Cuenta las papeletas (es necesario que haya el mismo número de papeletas que de votantes).
- Cuenta los SÍ y los NO. Sobre una hoja haz dos columnas, una para "SÍ" y otra para "NO".
- Debes trazar una cruz por cada papeleta, en la columna que corresponde. Cuando termines, suma todos los SÍ y los NO ¡Gana la mayoría!

¿Y… quién ganó?

Previo a la votación

Avisa a todos que la votación será, por ejemplo, antes de la cena y explícales por qué se votará.

Para fabricar una casilla de votación se necesita:
- **Una urna**. Puedes utilizar una caja de zapatos, corta una ranura para que ahí se depositen las papeletas.
- **Una cabina** (el voto es libre y secreto). Puedes pedir a tus electores (tu familia o tus amigos) que cuando estén en la cabina metan su voto en un sobre.
- **Papeletas para votar**. Un pedazo de papel sobre los que cada uno escribirá su voto: SÍ o NO.
- **Una lista de votantes** para que firmen cuando hayan votado.

¿Sabías a qué se debe la denominación de derecha e izquierda de las tendencias políticas?

En la mayoría de los parlamentos de las monarquías europeas, después de Napoleón, los representantes (lo que ahora serían los Diputados o los Senadores) se sentaban unos frente a otros, en semicírculo, unos a la derecha (los que podemos llamar, en forma genérica, conservadores) y los otros (los que podemos llamar, en forma igualmente genérica, liberales) a la izquierda del presidente de la Cámara.

Por eso ahora se les llama a los políticos conservadores "de derecha" y a los más liberales "de izquierda".

Especial para padres

Un pequeño cuestionario

Algunas preguntas son complicadas, pregunta a tu papá, a tu mamá o a algún familiar adulto.

¿Conoces el nombre del Presidente de la República? (fácil)

¿Conoces el nombre del Secretario de Gobernación? (un poco difícil)

¿Conoces el nombre de tu Gobernador o Jefe de Gobierno? (fácil para tus papás)

¿Conoces el nombre del diputado de tu localidad? (muy difícil)

¿Conoces el nombre de tu senador? (muy difícil)

¡Ahora preguntas de Geografía!
¿Conoces el nombre de tu colonia? (fácil)

¿Conoces el nombre de tu delegación? (no tan fácil)

¿Conoces el nombre de tu estado? (bastante fácil)

¡El Himno Nacional Mexicano!

La primera vez que se cantó el Himno Nacional fue la noche del 15 de septiembre de 1854 y lo cantó una compañía de ópera de italiana.

"Mexicanos, al grito de guerra
El acero aprestad y el bridón.
Y retiemble en sus centros la tierra,
al sonoro rugir del cañón"

¡Patria, Patria! tus hijos te juran
exhalar en tus aras su aliento,
si el clarín, con su bélico acento,
los convoca a lidiar con valor.
¡Para ti las guirnaldas de oliva!
¡un recuerdo para ellos de gloria!
¡un laurel para ti de victoria!
¡un sepulcro para ellos de honor!

¿Sabías qué...?
El autor del Himno Nacional es el poeta potosino Francisco González Bocanegra. La música la compuso el español Jaime Nunó.

Este libro se imprimió en México en octubre de 2013. Alexia Delrieu y Sophie de Menthon, las autoras, lo escribieron originalmente para los niños franceses; sin embargo, las adaptaciones de contenido, para dirigir el libro a los niños mexicanos, las hizo Silvia Garza.

www.educadoressinfronteras.mx